O LOBO
NÃO VAI APARECER?

"ELES NÃO SABIAM QUE ERA IMPOSSÍVEL, POR ISSO CONSEGUIRAM."
MARK TWAIN

PARA RONAN B., QUE TORNA OS SONHOS REALIDADE COM A PONTA DO LÁPIS.
M. O.

PARA ARSÈNE
R. B.

Dados Internacionais de Catalogação na Publicação (CIP)
(Câmara Brasileira do Livro, SP, Brasil)

Ouyessad, Myriam
  O lobo não vai aparecer? / Myriam Ouyessad; [ilustrações] Ronan Badel; [tradução Erika Nogueira Vieira]. – São Paulo: Editora Melhoramentos, 2019.

  Título original: Le loup ne viendra pas.
  ISBN 978-85-06-08619-3

  1. Literatura infantojuvenil I. Badel, Ronan. II. Título.

19-23700   CDD-028.5

Índices para catálogo sistemático:

1. Literatura infantil   028.5
2. Literatura infantojuvenil   028.5

Cibele Maria Dias - Bibliotecária - CRB-8/9427

Título original: *Le Loup Ne Viendra Pas*
© 2017 Editions L'Elan vert
Texto © Myriam Ouyessad
Ilustrações © Ronan Badel

Direitos de publicação:
© 2019 Editora Melhoramentos Ltda.
Todos os direitos reservados.

Tradução: Erika Nogueira Vieira
Diagramação: Carine Martinelli

1ª edição, 6ª impressão, novembro de 2024
ISBN: 978-85-06-08619-3

Atendimento ao consumidor:
Caixa Postal 169 – CEP 01031-970
São Paulo – SP – Brasil
www.editoramelhoramentos.com.br
sac@melhoramentos.com.br

Impresso no Brasil

MYRIAM OUYESSAD
RONAN BADEL

O LOBO
NÃO VAI APARECER?

TRADUÇÃO: ERIKA NOGUEIRA VIEIRA

— DURMA, COELHINHO.

— MAMÃE, TEM CERTEZA DE QUE O LOBO NÃO VAI APARECER?
— CERTEZA ABSOLUTA, MEU COELHINHO.
— MAS... COMO VOCÊ TEM TANTA CERTEZA?

— NÃO HÁ MAIS LOBOS. OS CAÇADORES JÁ CUIDARAM DELES.

— E NÃO TEM MAIS NENHUM?

— SIM, AINDA EXISTEM ALGUNS, MAS NÃO MUITOS.

— ENTÃO, COMO VOCÊ TEM CERTEZA DE QUE UM DESSES LOBOS NÃO VAI APARECER POR AQUI?

— OS LOBOS QUE AINDA EXISTEM SE ESCONDEM NAS MONTANHAS, BEM LONGE DAQUI.

— EU ACHAVA QUE OS LOBOS SE ESCONDIAM NO BOSQUE...

— SIM, ELES SE ESCONDEM NOS BOSQUES QUE FICAM NAS MONTANHAS.

— MAMÃE, TEM UM BOSQUE NÃO MUITO LONGE DAQUI. COMO VOCÊ TEM CERTEZA DE QUE UM LOBO NÃO ESTÁ ESCONDIDO LÁ?

— SABE, ESSE BOSQUE É MUITO PEQUENININHO. NÃO DARIA PARA UM LOBO SE ESCONDER LÁ.

— MAS E SE FOR UM LOBO QUE SABE SE ESCONDER BEM? UM LOBO QUE SABE FICAR DISFARÇADO?

— MESMO QUE UM LOBO SE ESCONDESSE NAQUELE BOSQUE, ELE NÃO PODERIA APARECER POR AQUI.

— COMO É QUE VOCÊ TEM CERTEZA?

— PARA CHEGAR AQUI, ELE TERIA QUE SAIR DO BOSQUE E ATRAVESSAR A CIDADE. UM MONTÃO DE GENTE IRIA VER!

— MAMÃE... COMO É UM LOBO DE VERDADE?

— PARECE UM CACHORRO GRANDE.

— ENTÃO, VAI QUE AS PESSOAS ACHEM QUE ELE É UM CACHORRÃO...

— PODE SER... MAS, MESMO SE AS PESSOAS ACHAREM QUE ELE É UM CACHORRO GRANDE, ELE NÃO PODERIA APARECER POR AQUI.

— COMO VOCÊ TEM CERTEZA?

— TEM CARROS DEMAIS NA CIDADE. IRIAM PASSAR POR CIMA DO LOBO.

— SABE, MAMÃE, UM LOBO QUE FUGIU DOS CAÇADORES, QUE VEIO DE TÃO LONGE E QUE CONSEGUIU SE ESCONDER NUM BOSQUE TÃO PEQUENININHO PODE COM CERTEZA DESVIAR DOS CARROS.

— SEM DÚVIDA... MAS MESMO SE OS CARROS NÃO TIVESSEM ATROPELADO O LOBO, ELE NÃO APARECERIA POR AQUI.

— COMO VOCÊ TEM CERTEZA?

— ESTA CIDADE É IMENSA! É UM VERDADEIRO LABIRINTO, COM MILHARES DE RUAS QUE SE ENCONTRAM. O LOBO NÃO SABERIA QUAL É O PRÉDIO.

— E SE O LOBO TIVESSE NOSSO ENDEREÇO?

— ORA, LOBOS NÃO SABEM LER!

— MAS ELES TÊM FARO! TALVEZ COM SEU FARO O LOBO POSSA ENCONTRAR O PRÉDIO...

— PODE SER... MAS MESMO SE O LOBO CHEGASSE AO NOSSO PRÉDIO, ELE NÃO PODERIA ENTRAR NA NOSSA CASA.

— COMO VOCÊ TEM CERTEZA?

— TEM UM INTERFONE NA ENTRADA, E O LOBO NÃO SABE A SENHA PARA ABRIR A PORTA.

— E SE O LOBO ESPERASSE ALGUÉM ENTRAR... O SENHOR CERQUEIRA, POR EXEMPLO, ELE TEM O CÓDIGO! E ELE NÃO ENXERGA MAIS NADA. O LOBO PODERIA ENTRAR SORRATEIRO ATRÁS DO SENHOR CERQUEIRA.

— BEM, É VERDADE QUE O SENHOR CERQUEIRA É MEIO CEGUETA... MAS, MESMO QUE O LOBO ENTRASSE ATRÁS DELE, NÃO APARECERIA AQUI.

— COMO VOCÊ TEM CERTEZA?

— NÓS MORAMOS NO QUINQUAGÉSIMO ANDAR, E OS LOBOS NÃO SABEM PEGAR ELEVADOR!

— MAMÃE! VOCÊ ACHA MESMO QUE UM LOBO QUE JÁ CONSEGUIU FAZER TUDO ISSO VAI PARAR POR CAUSA DE UM ELEVADOR?

— ESCUTE, MEU COELHINHO, MESMO SE O LOBO SUBISSE DE ELEVADOR, ELE NÃO APARECERIA POR AQUI.

— COMO VOCÊ TEM CERTEZA?

— EU TENHO CERTEZA! O LOBO NÃO VAI APARECER.
E AGORA É HORA DE DORMIR. BOA NOITE, MEU COELHINHO!

— BOA NOITE, MAMÃE.

TOC, TOC, TOC.

— COM CERTEZA É O LOBO!

— FELIZ ANIVERSÁRIO!

— EU TINHA CERTEZA DE QUE VOCÊ IRIA APARECER!

MYRIAM OUYESSAD NASCEU EM PARIS, MAS MORA EM ROUEN. DEPOIS DE ESTUDAR FILOSOFIA NA SORBONNE, ELA SE TORNOU PROFESSORA E ASSIM DESCOBRIU O UNIVERSO DA LITERATURA INFANTIL. PARTICIPOU EM 2011 DA CRIAÇÃO DA REVISTA PARA JOVENS *DE L'EAU À MON MOULIN*, PUBLICAÇÃO NA QUAL DIVULGOU SUAS PRIMEIRAS HISTÓRIAS. HOJE MYRIAM TEM 12 LIVROS PUBLICADOS.

RONAN BADEL NASCEU EM 1972, NA BRETANHA, FRANÇA. DESDE QUE SE FORMOU EM ARTES DECORATIVAS EM ESTRASBURGO, TRABALHA NA PRODUÇÃO DE LIVROS INFANTOJUVENIS COMO AUTOR E ILUSTRADOR. PUBLICOU SEU PRIMEIRO LIVRO EM 1998 E SEU PRIMEIRO QUADRINHO EM 2006. DEPOIS DE MORAR MUITOS ANOS EM PARIS, ONDE DEU AULAS EM UMA ESCOLA DE ARTES, VOLTOU A MORAR NA BRETANHA PARA SE DEDICAR EXCLUSIVAMENTE A LIVROS INFANTIS.